# AU SULTAN

# ABDUL-MEDJID

PARIS. — IMPRIMÉ PAR J. CLAYE ET Cⁱᵉ,

RUE SAINT-BENOIT, 7

# AU SULTAN

# ABDUL-MEDJID

## ODE

PAR CHARLES REYNAUD

PARIS

MICHEL LÉVY FRÈRES, ÉDITEURS

RUE VIVIENNE, 2 BIS

1852

# AU SULTAN

# ABDUL-MEDJID

I

Abdul-Medjid ! ô Sultan redouté ;
A Beylerbey, dans ton palais d'été,
   D'un œil de maître tu regardes
Constantinople ouvrant sa corne d'or,
Ces trois cités qui dorment près du port
   Sous les tours où veillent tes gardes !


Ils sont à toi, tous ces riants jardins
Échelonnés comme sur des gradins,
   Et ces maisons aux couleurs vives,
Et près de l'eau ces beaux villages blancs

Pareils de loin aux vols de goëlands
    Hôtes paisibles de ces rives;


Ces dômes bleus, ces légers minarets,
Ces champs des morts ombragés de cyprès,
    Ces caps, ces golfes et ces îles,
Et ce vallon qui réunit deux mers
Où les vaisseaux des continents divers
    Passent à l'ombre de tes villes;


A toi Beyrouth, Ismir et Bassorah,
A toi Mossoul et la verte Angorah,
    A toi Bagdad bâtie en briques,
Alep aux Khans encombrés de chameaux,
Dearbékir, Damas aux belles eaux,
    Et Brousse, et ses mille fabriques!


Fils du Prophète, ô sublime Sultan,
Dans ton palais de richesse éclatant,
    Entouré de tes capitaines,
Plein des soucis d'un pays à changer,
Entendras-tu ce salut étranger
    Qui te vient des rives lointaines?

II

Je me souviens qu'un jour, au milieu des rumeurs,
Au port de Scutari, je vis sur la jetée
Aborder ton caïk aux vingt-quatre rameurs :
Le canon ébranlait la ville épouvantée,
Sur ton front éclatait l'étoile en diamants,
La foule devant toi s'inclinait jusqu'à terre...
— Ton règne commençait, tu n'avais pas vingt ans ! —
Quand sur le quai désert je restai solitaire,
D'un si nouveau spectacle ému secrètement;
Je doutai de ta force et de la destinée,
Et, craignant pour ton âme un tel enivrement,
Je plaignis la Turquie à la nuit condamnée.


Mais Dieu, qui t'a marqué pour un plus haut destin,
A mesuré ton cœur à la haute fortune;
Ton front n'est pas de ceux que le vertige atteint,
Toi qui vis au-dessus de la hauteur commune.

O maître souverain sur deux mondes dressé,
Tu touchais de la main — suivant ta fantaisie —
L'avenir lumineux, ou le sombre passé :
Vivant avec l'Europe ! ou mort avec l'Asie !
La vie a triomphé ; le sort en est jeté !
De son trône descend l'orgueilleuse ignorance,
Et l'école est ouverte, où croît en liberté
Tout un peuple d'enfants rendus à l'espérance.
Les intrigants de cour rejetés loin de toi,
Le silence forcé des conseillers sinistres,
Tes sujets devenus égaux devant ta loi,
Les hommes de progrès, choisis pour tes ministres,
Tous les fils du pouvoir en tes mains réunis,
Les chrétiens accueillis, l'industrie honorée,
Et ton foyer ouvert à de nobles bannis,
Et la peste elle-même en ses déserts rentrée,
L'ordre et la discipline enseignés aux soldats.
L'Égypte de nouveau subissant ta tutelle,
La Russie hésitant et retirant son bras :
Voilà de fiers jalons pour une œuvre immortelle !
Ce n'est pas en un jour qu'un monde est transformé,
Mais le bon grain fermente ; et dans ses flancs antiques,
Où dans l'ombre déjà la semence a germé,
La terre sent courir des frissons prophétiques.

III

Ton progrès toujours grandissant
Ignore les passions viles ;
Il ne marche pas brandissant
La torche des guerres civiles,
Et ne traîne pas dans tes villes
Un oripeau taché de sang.


Déjà ton ardente prunelle
Perce l'ombre de l'avenir :
Un autre siècle se révèle !
Vois-tu le monde rajeunir
Et sur les nuages venir
La génération nouvelle?


Flottant sur l'onde des ruisseaux,
Les vieux chênes des deux Belgrades
Descendent dans les vastes eaux,
Et les pins légers des Sporades
Dans les bleus chantiers de tes rades
Se changent en hardis vaisseaux !

Le bruit des métiers et des forges
Trouble les échos du Thabor ;
L'Olympe du fond de ses gorges
Verse le vin , l'argent et l'or,
Et la terre livre un trésor
De foins, de blés, de fruits et d'orges !


Damas trempe le fer rougi
Dans les eaux vives de ses fleuves ;
Enfin le soufflet a mugi
Dans ses manufactures veuves ,
Et l'acier fin des lames neuves
Sort des flots clairs du Baradji !


O Stamboul, ô mère du monde !
Centre du nouvel univers ,
Quelle foule empressée abonde
Dans tes bazars toujours ouverts :
L'Angleterre y porte ses fers
Et nous les vins de la Gironde !


Des ports de Sidon et de Tyr,
Des montagnes de la Judée

Rouges du sang pur d'un martyr,
Et des plaines de la Chaldée
Et de l'Égypte fécondée
Des hommes nouveaux vont sortir.


Arrière les chevaux Numides !
Ils arrivent comme un torrent
Emportés par des chars rapides,
Qui dépasseraient en courant
La jument noire du Koran
El Borak aux pieds intrépides !


Sur la route qu'ils fouleront
La terre deviendra féconde ;
Des fils magiques porteront
Tes volontés au bout du monde,
Et de Bagdad à Trébizonde
Les arts et les blés fleuriront !


IV


C'est la réalité ! ce n'est pas un mirage !
Tel est le but divin promis à ton courage.

Saisis d'un bras hardi le sceptre redouté
Qui s'échappe des mains de la fatalité.
La nature elle seule a des lois éternelles :
Pour un peuple nouveau dicte des lois nouvelles !
Mahomet t'applaudit. Marche, conduit par Dieu !
N'épuise pas ton cœur dans un regard d'adieu,
Ne te retourne pas ! marche, comme Moïse,
Les yeux toujours fixés sur la terre promise !


V


C'est qu'elle était belle vraiment,
Dans sa nonchalance superbe,
Cette vieille Turquie, où l'herbe
Disputait le sol au froment ;
Cette Turquie, avec son faste,
Ses vêtements d'or étoilés,
Et son désert toujours plus vaste,
Et ses remparts démantelés !


Il attirait la poésie,
Ce beau pays des contes bleus

Où, sur un terrain fabuleux,
Dansait la jeune fantaisie!
Elle aimait ce ciel indulgent,
Ces hordes indisciplinées,
Ces longs fusils brodés d'argent
Et ces lames damasquinées.


La poésie a des lauriers
Aujourd'hui pour une autre gloire,
Et recommande à la mémoire
D'autres noms que les noms guerriers.
Elle réserve son sourire
A la paix, à la liberté,
Et les caresses de sa lyre
Aux progrès de l'humanité.


VI


Salut donc à ton nom, Empereur magnifique,
Sultan Abdul-Medjid, conquérant pacifique,

Héros du progrès régulier,
Vainqueur des préjugés, jeune homme au doux visage,
Abdul-Medjid le juste, Abdul-Medjid le sage,
Abdul-Medjid l'hospitalier !